我們都是人

一起練習同理心

文 蘇珊·維爾德 Susan Verde　　圖 彼得·雷諾茲 Peter H. Reynolds　　譯 劉清彥

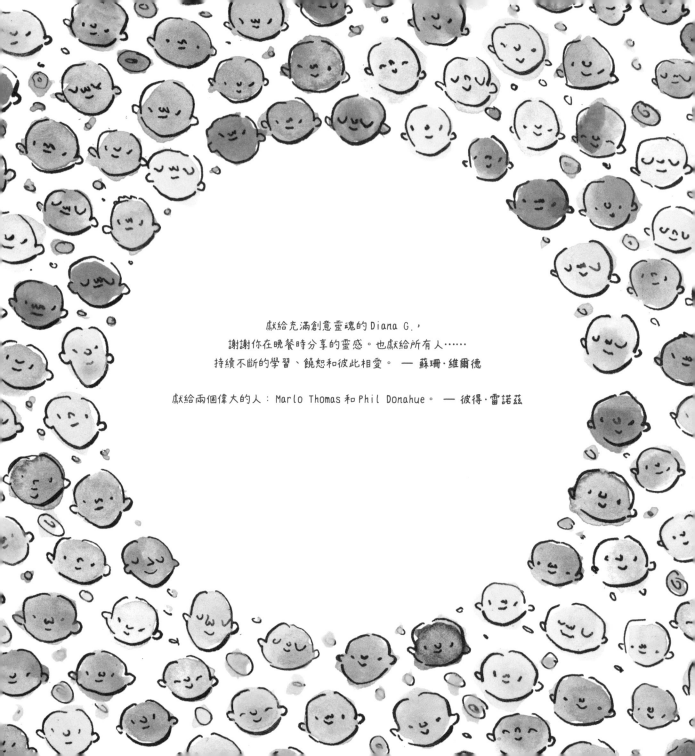

獻給充滿創意靈魂的 Diana G．，
謝謝你在晚餐時分享的靈感。也獻給所有人……
持續不斷的學習、饒恕和彼此相愛。 ── 蘇珊·維爾德

獻給兩個偉大的人：Marlo Thomas 和 Phil Donahue。 ── 彼得·雷諾茲

我誕生了。這是一個奇蹟！
在數十億人裡，
我獨一無二。

我ㄨˇㄜˇ是ㄕˋ人ㄖㄣˊ。

我ˇ總ˇ是ˋ在ˋ學ˊ習ˊ。

在這趟奇妙的旅程中，

我尋找自己的方向，

選擇自己的道路。

我有遠大的夢想，

我看見各種可能。

我有無窮的好奇心，

我不斷探索和發現。

我能體會不可思議的感覺，

我對大自然感到驚奇。

我ˇ喜ˇ歡ˊ玩ˊ耍ˇ，

也ˇ喜ˇ歡ˊ在ˋ友ˇ誼ˊ中ˉ得ˊ到ˋ歡ˉ樂ˋ。

我是人。

因ぷ為ぷ我ぷ是ぷ人ぷ，
所ぷ以ぷ我ぷ不ぷ完ぷ美ぷ。
我ぷ會ぷ犯ぷ錯ぷ。

我ぷ的ぷ言ぷ語ぷ、行ぷ動ぷ，
甚ぷ至ぷ沉ぷ默ぷ，
都ぷ可ぷ能ぷ會ぷ傷ぷ害ぷ別ぷ人ぷ。

我ㄨㄛˇ也ㄧㄝˇ會ㄏㄨㄟˋ受ㄕㄡˋ傷ㄕㄤ。

對於還不了解的事物，
我會感到害怕，

也_{ㄧㄝ}不_{ㄅㄨ}太_{ㄊㄞ}敢_{ㄍㄢ}做_{ㄗㄨㄛ}新_{ㄒㄧㄣ}的_{ㄉㄜ}嘗_{ㄔㄤ}試_ㄕ。

難﹖過﹖的﹖時﹖候﹖，
我﹖會﹖覺﹖得﹖心﹖情﹖沉﹖重﹖。

我﹖是﹖人﹖。

但那時候，我就提醒自己，

　　因為我是人，

　　我能做選擇。

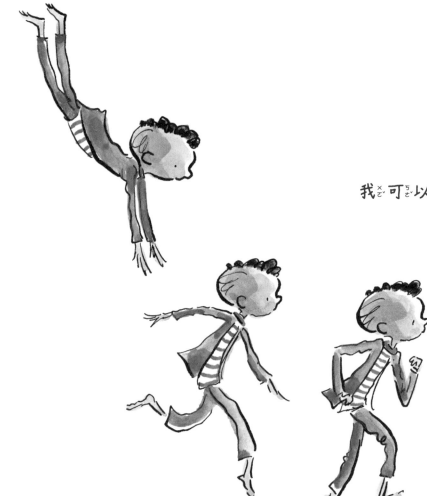

我可以繼續前進。

這次選錯了，
下一次就會更小心
做出更好的選擇。

就算是糟糕的一天，
也會因為善意
變得美好。

我ㄨㄛˇ有ㄧㄡˇ同ㄊㄨㄥˊ理ㄌㄧˇ心ㄒㄧㄣ，

我ㄨㄛˇ能ㄋㄥˊ助ㄓㄨˋ人ㄖㄣˊ一ㄧˊ臂ㄅㄧˋ之ㄓ力ㄌㄧˋ。

我能用平等和公正
對待別人。

我可以選擇不爭吵，
並用傾聽
尋找彼此的共同點。

我會說：
「對不起。」
來請求原諒。

我ㄨㄛˇ是ㄕˋ人ㄖㄣˊ。

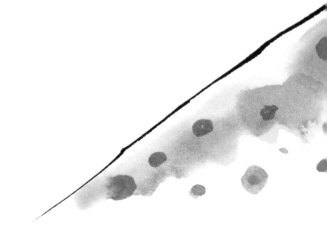

在數十億萬人裡，
我獨一無二。

我ㄨˇ不ㄅㄨˋ孤ㄍㄨ單ㄉㄢ。
我ㄨˇ和ㄏㄜˊ朋ㄆㄥˊ友ㄧㄡˇ、

和ㄏㄜˊ家ㄐㄧㄚ人ㄖㄣˊ、

和世界，

都連結在一起。

我們都是人。

我ㄨㄛˇ努ㄋㄨˇ力ㄌㄧˋ

表ㄅㄧㄠˇ現ㄒㄧㄢˋ自ㄗˋ己ㄐㄧˇ

最ㄗㄨㄟˋ好ㄏㄠˇ的ㄉㄜ˙一ㄧ面ㄇㄧㄢˋ。

我ㄨㄛˇ充ㄔㄨㄥ滿ㄇㄢˇ希ㄒㄧ望ㄨㄤˋ。

我ㄨㄛˇ是ㄕˋ人ㄖㄣˊ。

作者的話 同理心與愛人的默想練習

成為人的這趟旅程，充滿挑戰，卻也充滿各種可能性！《我們都是人》這個故事要說的是，身為一個人，不僅是單一個體，也是整個人類社群中的一份子。身為人，我們會犯錯，但也意味著，我們有能力選擇如何回應自己所犯的錯。我們可以從中學習並有所改變，即使在艱難中也善待彼此，更可以選擇愛和憐憫，頌揚我們當中的「人性」。

分享愛與和善最好的方式，就是練習愛與和善的默想。研究發現，這樣的練習對生理和心理都能帶來許多好處。其中一小部分的好處是獲得平靜；強化大腦中負責對同理、情緒管理和適應能力做出反應的區域；增進正向情緒和同情憐憫；減少偏見和自我批判。以下就是可以有效進行這方面思想練習的例子：

重複這四句話：
願你健康。
願你快樂。
願你免於受苦。
願你充滿平靜。

先舒舒服服坐下來，閉上眼睛，用鼻子慢慢吸氣和吐氣，並且留意氣息充滿在自己的體內。想像有一個愛你的人坐在你面前，然後用你的意念，將上面這四句話傳達給他，每句話的中間都稍微停頓一下，在持續吸氣吐氣的過程中，感受這些和善的話語和能量，充滿自己的心房。

接著，想像一個你想挑戰的人（像是手足或同學）坐在你前面，如果覺得困難，可以選擇一個比較中立的人。同樣重複對他說這四句話，將你愛的能量傳送給他或她。

現在，將你的心思轉向這個星球上其他需要愛、同情、和善與幫助的人身上。複誦這四句話，想像自己透過每次呼吸，將愛的能量傳遞出去。

最後，請想想自己。
複誦這四句話，讓自己的心中充滿愛。

願我健康。
願我快樂。
願我免於受苦。
願我充滿平靜。

花點時間留意這樣的練習帶給自己的感受，假以時日對你和你的人際關係有什麼影響。我們有能力學習、成長，也有能力去愛，我們充滿各式各樣的可能性。因為，我們都是人。

國家圖書館出版品預行編目 (CIP) 資料

我們都是人：一起練習同理心/蘇珊‧維爾德(Susan
Verde)文；彼得‧雷諾茲(Peter H. Reynolds)圖；劉
清彥譯 -- 第一版 -- 臺北市：親子天下股份有限
公司, 2021.03
40面；20x20公分. -- (繪本；267)
注音版
譯自：I am human
ISBN 978-957-503-732-1(精裝)

874.599   109021119

I Am Human

Text copyright © 2018 Susan Verde

Illustrations copyright © 2018 Peter H. Reynolds

Book design by Chad W. Beckerman

Published first in the English language in 2018 By Abrams Books for Young Readers, an imprint of Harry N. Abrams, Inc.

(All rights reserved in all countries by Abrams, Inc.)

This edition is published by arrangement with Harry N. Abrams Inc. through Andrew Nurnberg Associates International Limited.

繪本 0267

我們都是人 一起練習同理心

作者｜蘇珊‧維爾德（Susan Verde） 繪者｜彼得‧雷諾茲（Peter H. Reynolds） 譯者｜劉清彥

責任編輯｜陳毓書 特約編輯｜游嘉惠 美術設計｜林子晴 行銷企劃｜陳詩茵
天下雜誌群創辦人｜殷允芃 董事長兼執行長｜何琦瑜
兒童產品事業群
副總經理｜林彥傑 總編輯｜林欣靜 主編｜陳毓書 版權專員｜何晨瑋、黃微真

出版者｜親子天下股份有限公司 地址｜台北市 104 建國北路一段 96 號 4 樓
電話｜（02）2509-2800 傳真｜（02）2509-2462 網址｜www.parenting.com.tw
讀者服務專線｜（02）2662-0332 週一～週五：09:00~17:30
讀者服務傳真｜（02）2662-6048 客服信箱｜bill@cw.com.tw
法律顧問｜台英國際商務法律事務所‧羅明通律師
製版印刷｜中原造像股份有限公司
總經銷｜大和圖書有限公司 電話：（02）8990-2588

出版日期｜2021 年 3 月第一版第一次印行
2022 年 6 月第一版第五次印行
定價｜320 元 書號｜BKKP0267P ISBN｜978-957-503-732-1（精裝）

——— 訂購服務 ———
親子天下 Shopping｜shopping.parenting.com.tw
海外‧大量訂購｜parenting@cw.com.tw
書香花園｜台北市建國北路二段 6 巷 11 號 電話（02）2506-1635
劃撥帳號｜50331356 親子天下股份有限公司

立即購買 >